MAR ABIERTO
narrativa contemporánea

La jornada de la mona
y el paciente

La jornada de la mona
y el paciente

Mario Bellatin

Almadía

Oaxaca de Juárez, Oaxaca

Derechos reservados
© 2006, Mario Bellatin
© 2006, Editorial Almadía S. C.
Avenida Independencia 1001-altos
Colonia Centro C. P. 68000
Oaxaca de Juárez, Oaxaca, México.
www.almadia.com.mx

Primera edición:
ISBN: 970 985 419-4

Ilustraciones de portada: Demián Flores Cortés

Impreso y hecho en México.

La situación del paciente es como la de un reo que espera su sentencia de muerte. Pensamiento engañoso, sobre todo teniendo en cuenta el antecedente clínico así como el imaginario que pesa sobre el síndrome físico —no el mental— que el paciente padece. Habría que saber además si existe una manera concreta, cierta y no basada otra vez en un imaginario, de esperar una sentencia. Y digo esto porque las sensaciones son indefinidas. Un estado de cansancio constante, como si todo el tiempo se llevara una carga que impidiera la aparición de la pulsión de vida necesaria para exponer el cuerpo a las circunstancias del exterior. Sin embargo, no hay un mal determinado que pueda ser padecido en su verdadera dimensión. Se trata más bien de una serie de pequeños males superpuestos, que en su amontonamiento y en su indecisión traen consigo el caos necesario para impedir que sea establecida su esencia. Su no definición es lo que impide hallar la solución. ¿El desenlace? ¿Existirá tal instancia? Surgen las preguntas. ¿Será psicológico? ¿Será químico? ¿Un deterioro mudo y fantasmal será el origen de todo el cuadro?

Se me habla de dormir junto a la muerte. Del temor a que el prójimo sea un espejo de la propia extinción. Surge lo obvio de la premisa. Siento que no se está yendo por el sendero puro del discurso, sino que se recurre nuevamente a una suerte de imaginario. Poético incluso. Del sujeto que duerme, día con día, al lado de su cadáver. Que lo acaricia, que mantiene relaciones con lo tumefacto de su propio cuerpo. Curiosamente se toma este hecho —el de dormir junto al espejo de la propia extinción— como algo consumado, como una forma ya terminada de construir.

Debo decir que extraño a mis padres. Que he tenido fogonazos de nostalgia. Que han aparecido, por primera vez después de muchos años, los aspectos agradables de aquel vínculo. He recordado, por ejemplo, los paseos al campo y a la playa; las horas pasadas cuidando a los animales de mi pequeño zoológico. Apareció, de pronto, la persecución denodada que emprendimos detrás de una mona feroz que escapó el mismo día que la llevé a casa. Yo contaba con ciertos ahorros, con un dinero que me habían obsequiado algunos familiares por mi cumpleaños. Era invierno. Acordamos con un pariente ir juntos al mercado de la ciudad. La atmósfera era gris. Llegamos al lugar de venta de animales. En esa época estaba ya prohibida la comercialización de especies salvajes. Fuimos puesto por puesto preguntando por alguna pareja de monos. Recuerdo que días antes, con ese mismo pariente —se trataba de mi primo—, habíamos construido las jaulas donde los alojaríamos. Finalmente uno de los vendedores nos pidió que lo siguiéramos. Fuimos detrás de él por una serie de calles enrevesadas hasta que llegamos a una gran casa dividida en cuartos de alquiler. Subimos varias escaleras y recorrimos algunos pasillos hasta que nos detuvimos frente a una puerta ubicada en la parte trasera. Tocamos y nos abrió un hombre de aspecto esquelético. Pasamos a un gran cuarto que se mantenía en penumbras. En la habitación había cientos de jaulas así como una cama, de donde supuse el hombre se acababa de levantar. Las jaulas estaban plagadas de animales. Había aves, roedores y monos de diferentes tipos. El hombre volvió a acostarse ignorando nuestra presencia. Pensé en los motivos que hacían posible que aquel personaje conviviera con tantos animales. Me pareció que podía estar enfermo. No lo adiviné, en realidad lo sabía ya en ese momento pues cuando nos abrió noté que una gran bola de carne se marcaba en su cuello. Negocié con nuestro guía la compra de los monos. Un macho y una hembra. El macho era pequeño y de mayor edad. A la hembra se la veía mucho más ágil. Los metieron a los dos en un saco, no sin antes atarles una cuerda al cuello para que pudieran ser manipulados. Salimos sin despedirnos del hombre de la habitación, quien continuó acostado todo el tiempo. Conseguimos un taxi, en cuyo interior sacamos a los animales del saco. El chofer protestó. No quería transportarlos. Logré convencerlo. Cuando nos bajamos advertí que había tenido razón: uno de los monos había hecho sus necesidades en el asiento trasero.

Ya en la casa empezó el verdadero desorden. La hembra se transformó en un animal sumamente agresivo, que se escapó de inmediato de la jaula que le habíamos construido. Nosotros habíamos colocado un cerrojo en el exterior, pero al animal no le bastó más que un mínimo movimiento para sacar la mano por entre los barrotes y descorrer el seguro. La jaula se encontraba en la azotea. La mona saltó por los aires y desapareció entre las casas de los vecinos. Intervino entonces mi padre, quien hasta ese momento ignoraba por completo mi intención de llevar monos al hogar. Organizó una cacería en toda regla. Participaron mi primo y algunos vecinos. Después de un par de arduas horas se logró capturar a la mona. Metimos a los animales nuevamente en el saco. A la mona salvaje y al mono macho. Fuimos de regreso al mercado en el auto de mi padre y ubicamos al vendedor, quien se negó a devolverme el dinero pero aceptó darme otros animales a cambio. Ese día regresé con un considerable número de pericos, algunas ratas, y un par de conejos.

Pero ahora, aquí en este momento, la presunción de que todo no fue más que una grave equivocación no deja de acecharme. Pienso que tengo demasiado desarrollado el sentido de la intuición, y que debo por eso preocuparme más de la cuenta por cosas que todavía no han sucedido. Adelantarme a los hechos para que no me tomen desprevenido. Por eso aparece en mí la angustia constante al comprobar que duermo junto a mi propia muerte. Es la razón por la que considero hasta cierto punto normal que sufra de los ataques nocturnos que padezco. No son más que señales de alerta, que lo desorganizan todo, que surgen con la intención de que nada de lo que pueda suceder esté por encima de lo imaginado.

Cometí muchos errores en los últimos tiempos, entre los cuales los más graves fueron sin duda comprar un terreno campestre y un auto deportivo. De no haber hecho semejantes gastos, tengo el fantasma de la certeza de que hubiera asegurado lo principal: tener una casa donde encerrarme sin tener que preocuparme por poner el cuerpo frente a los demás. Lo más penoso del asunto es haber tenido la oportunidad de hacerlo. Sólo faltó un poco más de paciencia y sagacidad. Ahora el problema es que debo pagar una excesiva suma mensual por los próximos diez años. Estoy seguro de que esta condición, para mí ahora fundamental, perderá su sentido cuando alguien revise estos papeles.

¿Cuándo he sido más feliz?, me pregunto. Puedo contestar que nunca. Ni siquiera la vez que vi a toda una camada de ratas domésticas jugar con sus ruedas y sus columpios como si estuvieran disfrutando de un parque de diversiones. El piso de la jaula estaba recubierto de aserrín. Los animales tenían la edad perfecta. Y eran totalmente míos.

La jornada de la mona y el paciente. El recuerdo del punto donde la mona se arroja desde el techo guarda una estrecha relación con el lugar mental en que el padre del paciente salta detrás del primate con la intención de cazarlo. De eso no cabe la menor duda. Ambos, mona y padre, sienten el vacío de sus cuerpos aunque, como es lógico, ninguno de los dos comparte con el otro la misma sensación. Estas caídas, la del padre yendo detrás de una mona furiosa, pueden ser similares a la no libertad de la escritura. Lo he pensado más de una vez. A diferencia de la cura analítica —en la que el paciente pretende inscribirse—, cuando alguien se decide a escribir algo tendrá que escribir sólo y únicamente sobre lo que está escribiendo. Se le está negado el derecho al escribiente de ir construyendo una estructura abierta, interpretativa, para lo cual debe apelar a una serie de subterfugios tales como la asociación libre de las ideas, el recuerdo o el uso de las imágenes propias del inconsciente. No se puede escribir más que de lo que se está escribiendo. Como en el sueño, donde no se puede soñar más que con lo que se está soñando. Incluso cuando alguien sueña que sueña. Una de las razones del insomnio del paciente puede estar en el hecho de que debe construir su propio sueño, su estar dormido, de la misma forma como ordena su escritura. Ya no le es posible descansar libre y extensamente. Caer en la tabla de la cama cuando se siente extenuado y amanecer de manera inocente al día siguiente. No. Debe crearle una forma al sueño. Ir hilando un tejido textual que sea el que sustente esas horas en apariencia perdidas. Ya no visitan al paciente ni sueños místicos ni psicológicos profundos, poseedores ambos muchas veces de una intensidad tal que rozan muy fácilmente con el milagro abierto de los libros sagrados. Sin embargo, aunque nadie lo espere, la fugaz mona seguirá saltando del techo de la casa y el padre la seguirá en su camino hacia la nada.

El punto de unión entre sueño y realidad, aunque parezca más que evidente, estará en la sensación del reo que espera que se lleve a cabo su sentencia de muerte. No se sabe bien, eso sí, si está aguardando la muerte o la sentencia. No se sabe tampoco en dónde puede estar la diferencia. Se podría suponer que las dos esperas son similares. Sobre todo si se toma en cuenta que el reo sabe de antemano que el final del trance conlleva siempre a la muerte. Ojalá que ese tránsito no sea como todos suponemos. Con un individuo acostado en la cama, inerte, con todas las esperanzas perdidas. Evocando quizá algún crimen o una niñez en el campo. Arrepentido, no se sabe si del acto que motiva su sentencia o del error en las estratagemas necesarias para impedir que el jurado diera un fallo de semejante magnitud. Prefiero pensar en un abandono absoluto de la voluntad. Un dejar el poder de vida mansamente en manos de los carcelarios. Sabiendo que se tiene la llave para la liberación debajo de la franela que sirve de almohada. En cualquier momento el reo se puede levantar, abrir fácilmente la puerta de la celda y salir a caminar como un ciudadano común y corriente.

Sin embargo, más allá de la figura del padre arrojándose al vacío detrás de la mona salvaje se ha sentido el impulso de llamar a la familia. ¿Estarán en el mismo lugar? Es la duda que surge. ¿Quiénes serán ahora esos seres recobrados? La nostalgia del condenado a muerte, viéndola desde una perspectiva más afín con las circunstancias, puede remitir directamente a la niñez. Al padre, a la madre, a los hermanos. El deseo de realizarse en los padres aparece como la base de toda una estructura. Cerrada. Completa. Muda. Tal vez se extrañe al hombre con la bola en el cuello que sufría su enfermedad al lado de los animales enjaulados, el asiento trasero del taxista, la sorpresa de la madre al entrar a la cocina de la casa y encontrarse con un primate pelando con violencia las frutas colocadas encima del refrigerador.

Lo más importante es que el paciente escuchó que le decían algo así como que se haría todo lo posible por aplacar la angustia y el drama interno preservando, eso sí, la escritura. En ese momento surgió, nuevamente, la escritura como el punto más importante de la existencia. Como si su ser fuera sólo un pretexto para que esta escritura pudiera existir. "Eso significa tal vez que la única misión y lo único verdaderamente importante es la escritura que soy capaz de generar", puede haber sido un punto importante de su reflexión. La escritura es mejor que tú, sea quizá la premisa. Lo que se escribe está muy por encima de la persona. Lo noté por la aparente delicadeza con que el analista trató de advertir que, pese al proceso que se llevará a cabo, se buscará dejar la escritura intacta. En ese momento al paciente le dieron ganas de reír. De hacerlo con una risa sorda y neutral. Todo hizo indicar que le pareció absolutamente vana esta promesa, dicha con un cuidado por demás innecesario. Eso le recordó al paciente la tarde en que le preguntó a una amiga de la infancia qué sería de él si no escribiera. La amiga prefirió no contestar. El paciente interpretó que sería un personaje sin importancia. Una persona cuyo destino era desaparecer en medio del más perfecto anonimato.

Cayó otra vez el manto. El velo de la imposibilidad de hacer. Nuevamente dejar fluir el tiempo. Como el infinito que se abre entre la caída de la mona y el padre, desde la azotea hasta el suelo plano. Como la tabla en la cual el condenado debe tenderse. Sin poder pedir la ayuda de nadie. Incapacitado para buscar alguna salida. Ambas víctimas, el padre y la mona, con tiempos y sensaciones diferentes durante la caída. Sólo se puede mirar la situación, al paciente y a su circunstancia. Pensar que esta inmovilidad será la causante de una serie de desgracias: el cierre de las relaciones con el exterior, rompiendo de ese modo con las posibilidades de que la propia voz sea escuchada. ¿Y por qué importaría si nadie importa? Es como quedar encerrado en un baño o en un elevador sin que se sepa o, en el peor de los casos, se pueda hacer algo por remediar la situación. Un mecanismo trabado, una chapa o un sistema eléctrico que escapa a las posibilidades circundantes es el centro físico del horror. ¿Dónde está la clave del drama? Es necesario hallar el origen de esta sensación. Al paciente le viene a la memoria el mito que circula sobre cierto escritor que pasaba las jornadas acostado en su cama. En un ambiente aparentemente antihigiénico. Con los papeles escritos guardados entre las sábanas. En un estado físico calamitoso. Haciendo de su situación interna un sistema de vida.

Ya encontré una clave. La llave de todo, estoy más que seguro, se encuentra en la propia escritura, siempre y cuando se tome esta escritura en su carácter profético. Todo está escrito Los acontecimientos futuros se encuentran narrados con una tibieza impresionante. Les aseguro que cuando esos sucesos se hacen realidad se muestran recién en todo su esplendor. De otra manera no tengo forma de entender haberme visto obligado a ser paciente de la clínica semioculta fundada por la doctora Proserpina. Ubicada en una zona marginal −igual que el *moridero* descrito en mi libro *Salón de belleza*− donde se da secreta atención a una serie de enfermos que han caído bajo el influjo de esa mujer. Recuerdo el portón de metal de la entrada. Sus ambientes techados con láminas de plástico y otros materiales deleznables. Sus salas de espera con pequeñas sillas portátiles. La presencia de ciertos familiares de aquella mujer, quienes trabajaban a sus órdenes y se trataban entre sí como si fueran todos doctores. Me acuerdo también del sistema que existe para conseguir la curación, más bien el paliativo, como a la propia doctora le gustaba recalcar. Se van contando, una a una y con la mano, las pastillas que reciben los pacientes. Después se hace una suma y se cobran las píldoras según un cuadro económico ideado para cada enfermo. Lo que ignoraban los pacientes era que por ley esas medicinas debían entregarse de manera gratuita. La psicóloga de esa clínica, quien tenía ubicado su consultorio en un segundo piso, lo único que era capaz de hacer era escuchar sin dar respuesta las quejas de las víctimas.

Fue muy sorprendente cuando el analista pidió pasar una noche en casa del paciente. Después de una serie de consultas en su gabinete —a veces hasta tres citas en un mismo día— solicitó que se adecuara una habitación para quedarse en el hogar del analizado una noche a la semana. Escogió la de jueves a viernes. Adujo querer observar de cerca la conducta que mostraba en su medio habitual, y dijo también que deseaba evitar la posible interferencia que producía el traslado del analizado al gabinete. En ese desplazamiento está la trampa, señaló. El paciente, en el tiempo que mediaba entre su espacio habitual y el lugar de la consulta, contaba con un tiempo precioso para ir colocando una serie de máscaras a su condición real. Por esa razón era preciso estudiar su comportamiento sin que él mismo lo advirtiera. Dijo además que contaba con un plan meticulosamente estudiado para pasar las horas en aquella casa. Llegaría alrededor de las nueve de la noche, después de haber cumplido con su última consulta, y la abandonaría al día siguiente, cerca de las nueve de la mañana. Llevaría consigo una serie de textos, que recitaría en voz alta mientras el paciente se desenvolvía como si el analista no se encontrara presente. Los más importantes serían leídos al final, justo cuando el paciente estuviera acostado y listo para dormir. El analista entraría entonces en la habitación vestido con una bata y unas pantuflas, y se sentaría al borde de la cama, desde donde leería página tras página de su última tesis hasta que el paciente se durmiera. Como se trataba de un texto algo extenso, no importaba el tiempo que el analizado demorara en quedar dormido. Sólo se iría cuando consiguiera dejarlo inconsciente. Apagaría la luz y se retiraría a la habitación asignada para su propio descanso. Los viernes eran días en que el analista cerraba su gabinete. Solía atender de lunes a jueves. Aprovecharía la ubicación de la casa del paciente, en el centro mismo de la ciudad, para dedicar la mañana del viernes a visitar una serie de librerías de viejo. Antes de irse a la zona donde se encontraba su gabinete, pasaría nuevamente por la casa del analizado a manera de despedida. Afirmaba que esa visita, la del día siguiente, era la más importante pues podía comprobar, de una manera concreta, los efectos que haber pasado la noche en esa casa habían causado. Podía darse el caso de que el paciente aún estuviera dormido o que hubiera salido a la calle en ausencia del analista. Estas dos opciones eran las óptimas. Tanto el sueño como el abandono del hogar eran señales de que el método daba alguna esperanza. Si por el contrario lo hallaba recluido, actuando como si nada fuera de lo normal hubiera pasado, podría pensarse en que algo había escapado a su control. Sin embargo, una posibilidad semejante no lo haría desechar la empresa de pasar en casa del analizado una noche a la semana. Lo obligaría tan solo a ser más cuidadoso al elegir los textos que leería al paciente antes de dormir.

Cuando el paciente informó en su casa que el analista iría a pasar una noche a la semana, se originó un sentimiento de incomodidad. Los demás miembros del hogar dijeron que esa noche se trasladarían a otra parte. No parecían dispuestos a aceptar una situación semejante. Alguien dijo que seguramente el analista estaba harto de su mujer y de las injerencias que ese personaje tenía en las consultas. El paciente había mencionado que el gabinete del analista no era lo suficientemente cómodo. Estaba ubicado en el cuarto donde vivía. Todo estaba a la vista. La cama matrimonial, la mesa de madera donde se comía, la esquina que servía de cocina, las dos tablas que hacían las veces de librero así como la silla de ruedas de la mujer, quien siempre intervenía –a pesar de que el analista la callaba a cada momento– comentando las palabras que tanto el paciente como el analista formulaban. El analizado dijo en su hogar que le parecía absolutamente práctica la forma de vida del analista. Todos los elementos necesarios para la jornada diaria estaban siempre al alcance de la mano. Pensaba que para vivir no se necesitaba más que lo que se podía encontrar en un cuarto como aquel. El resto significaba un despilfarro, de tiempo y de energía. Incluso la figura de la impertinente mujer podía ser tomada como la presencia que toda persona cuerda debía tener a su lado. El paciente imaginaba que al abandonar aquel cuarto –que el analista llamaba gabinete de trabajo– entre ellos comentaban libremente la sesión que acababa de tener lugar.

La presencia de aquella mujer le era sumamente útil al analizado. Por ella se enteró de ciertos detalles importantes. Entre otras cosas que se trataba del único paciente, que el analista se encontraba en una mala situación económica, y que en realidad la que sacaba las conclusiones finales de los casos era ella. Esto último lo supo de manera inesperada. Fue cuando la mujer cierta tarde interrumpió los discursos, tanto el del analista como el del analizado, para decir que, como lo venía sospechando, se trataba de un caso típico, estudiado y resuelto desde los albores de la medicina. Que lo que hacía falta realmente, en lugar de tanto intercambio de palabras, era la presencia de un buen yerbero o de algún tipo de homeópata que supiera administrar una serie de sustancias capaces de armonizar las energías del cuerpo. El analista le hizo una seña, como diciendo que más tarde hablarían en privado del asunto. La mujer se encontraba contenta. Se le veía en el semblante. Parece que consideró innecesario seguir presente en aquel cuarto. Por primera vez desde mi visita inicial la vi desplazarse en su silla. Yo había llegado a pensar que vivía en la inmovilidad más absoluta pero no, de pronto movió los brazos con energía y accionó las ruedas de la silla en la que se encontraba. Se acercó a la puerta, la abrió sin dificultad y salió a la azotea donde se ubicaba el cuarto.

Se me dice que para mejorar la situación debo enfrentar la vida tal como debe ser. Es decir, salir de la tabla en la que suelo situarme —el analista la acaba de bautizar como olimpia—, y ponerme a trabajar como cualquier hijo de vecino. Pero eso se supo desde siempre, y precisamente el no poder cumplirlo fue lo que creó, en apariencia, la situación de crisis. También se le dice al paciente que es hasta cierto punto normal su aversión a salir a la calle y a poner en entredicho una serie de asuntos sociales. Se le informa que puede ser producto de haber pasado durante años por una serie de médicos ineficientes. Ahora la escritura ocupa todo el tiempo. Una escritura que dudo pueda ser transmitida. Y esa es también una fuente de miedo. La no posibilidad de comunicar la palabra escrita, piensa el paciente, acabará por abolirla. El juego de generar palabras para que éstas a su vez generen otras, puede terminar de golpe si las palabras generadas se vuelven incapaces de ser a su vez fuentes de otras nuevas. Si no existe nadie que las lea y las demande, se irán acumulando hasta formar un cuerpo deforme del cual el paciente no podrá liberarse. Será incapaz de ver editados sus libros, de saber si existen o no lectores. La palabra volverá a sus comienzos, cuando no era más que un ejercicio concéntrico que tenía como único fin la palabra por la palabra. Es por eso que en aquellos tiempos, en los primeros de escritura, era usual el copiado del directorio telefónico o de fragmentos de textos de los escritores preferidos.

Antes de escribir acerca de la visita que me haría el analista una vez por semana, jugué con la opción de que existiera una posibilidad semejante. La idea me atrajo a pesar de ser tan tonta. Pensé que el absurdo era lo suficientemente extremo como para revelar la ficción que lo sustentaba. Pero no fue así. Esta mañana, por ejemplo, me encontré al despertar con que todo en la casa estaba dispuesto para recibir la inverosímil visita. Los pisos pulidos, los muebles y los marcos de las ventanas libres de polvo, preparada la cama para huéspedes. Sentí entonces una inmensa ternura por la gente que me rodea, que da su aceptación a muchas de mis suposiciones, por más desaforadas que éstas se presenten. Allí quedó la casa. Engalanada para tan peculiar fantasía.

Temo que se acabe pronto el material de discusión. Que las cosas se coloquen dentro de cierto orden, la organización demandada por el analista, y se instauren las verdaderas sesiones. Al análisis propiamente dicho, para lo cual el paciente se acostará en un diván y dejará fluir libremente los pensamientos. No sé por qué temo la llegada de ese momento. Quizá porque me sentiré en la obligación de referirme a asuntos que preferiría no tocar. De nuevo incursionaré en mi infancia. Veré la figura de mi padre. La indiferencia de mi madre oculta debajo de una preocupación excesiva por mi salud física. Tendré que oír nuevamente a las profesoras de la primaria recomendando la presencia de un psicólogo y la rotunda negativa familiar para convocarlo. Mi triunfal paso por la escuela primaria y mi total fracaso en la secundaria. La gradual liberación una vez que ingresé a la universidad. Mis recurrentes caídas, como señaló el analista, en las depresiones más profundas. Una y otra vez. Sin que haya razones externas para que éstas ocurran. No sé por qué se me dan tantas concesiones. Por qué motivo he salido bien librado de todas las circunstancias. Las causas por las que he hallado placer en cada una de las etapas de mi vida, en forma independiente a los sucesos que se desarrollaban alrededor. Cuando vivía en la casa de la infancia, después en un cuarto frente al mar –donde más de una vez ideé diferentes formas de suicidio–, en otro cuarto, esta vez uno destinado al servicio doméstico –al que llamaba mi estudio– situado en una húmeda avenida, donde harto de sufrir un asma persistente pasé semanas enteras sin cambiarme las ropas. En una pequeña casa, donde cometí el episodio de tomar una gran cantidad de somníferos que motivaron mi internamiento en una clínica. Sometido a un estricto régimen de medicamentos que hacían las funciones de una camisa de fuerza mental. Los episodios que se suscitaron después fueron de menor cuantía. En la casa anterior a la que ahora ocupo me veo con una cierta estabilidad. Hasta que, de pronto, como un rayo maligno, comenzaron los ataques de epilepsia –los anunciadores de los primeros síntomas del mal físico que ahora padezco–. De los días pasados en mi actual casa no guardo recuerdos especiales. Casi todo el tiempo de mi permanencia aquí he estado sumido en la tristeza, iniciada a partir de un extraño incidente amoroso al cual no puedo hallarle una explicación coherente. Tiempo signado por la enfermedad, por los manejos correctos o incorrectos de los distintos tratamientos médicos. Y ahora, cuando parece que los males físicos retroceden, aparece esta negación del mundo y estos miedos inexplicables.

Siento temor por la escritura. No creo, como pensaba, que se mantenga ajena al proceso mental. Se trata de una escritura, la actual, hasta cierto punto enferma. Parecida a la de mis primeros años como escritor. Obsesionada en sí misma. De otra manera no entiendo por qué no puedo hacer con ella algo inmediato y concreto. Está centrada solamente en lo que se está desarrollando. Por ejemplo, en este texto. Era lo mismo que ocurría años atrás: un ejercicio de creación sin un fin determinado. Bastaba que esa escritura tuviera una razón de ser, que fuera más allá del proyecto que se estaba preparando, para que no funcionara. Para que quedara estéril. De la misma forma se presenta toda esta situación, que me ha llevado a mantener una serie de consultas que fluyen como las horas de un condenado a muerte.

¿Por qué llamo así, tabla, a mi cama? Puede ser una pregunta pertinente. Quizá se trate de crear una atmósfera determinada para soportar mi estado. Tal vez al decir tabla en vez de cama se origine el ambiente de extrañamiento necesario para colocar esta escena en un espacio especial. De otra manera perdería su efecto la imagen de dormir con el espejo de mi propia muerte. Imagen a la que tengo que estar atento toda la noche, pendiente de ver si sube de temperatura o si muestra sudoración. Preparado para ir por más ropa de cama o para cambiar las cobijas húmedas.

Dejé de tomar ciertas pastillas y surgió el terror. El miedo a no ser yo mismo, como si dentro mío existiera otra dimensión. Ya nada podrá seguir siendo igual que antes. Algo se ha roto que ha desatado una serie de sensaciones nuevas y espeluznantes. Siento un frío extraño. Estoy abrigado. No se trata de frío corporal. Tengo sueño, estoy casi dormido, y al mismo tiempo me encuentro desvelado. Creo que es temprano en la noche, pero veo el reloj y advierto que son más de las tres de la madrugada. No quiero que exista mi realidad, no quiero que exista tampoco la realidad externa. Aparece el suicidio como opción. No como una decisión sino como dimensión desesperada de las cosas. Para cometerlo, además, se me ocurre el mecanismo más pedestre como es salir corriendo con dirección a la estación del metro y esperar la llegada del convoy.

No sé por qué me rehúso a declararme enfermo total. Así. Terminal y definitivo. Pienso que de ese modo las cosas podrían ser más fáciles. Incapacitado por enfermedad. Que los demás velen por mí. No quiero seguir haciéndome cargo de mí mismo. Yo, como mi padre, quiero lanzarme al vacío detrás de la mona salvaje. Inmanejable. Necesito mantenerme, la mayor cantidad de tiempo que me sea posible, en el vacío infinito que mi cuerpo va abriendo al caer. Redactar este texto me calma. Pese a que el analista afirme que no existe la grafoterapia. Lo dudo. Componerlo me aparta del horror. De la idea de que quedaré encerrado en algún lugar sin posibilidad de escape. Del terror de haber perdido mis facultades y haberme convertido en una materia informe, atrapada en un estado cercano al embrutecimiento. Quiero, necesito, declararme enfermo de verdad. No enfermo con vida prestada, como pretenden verme.

Llamé al analista. Al teléfono de su gabinete. Sé que se encuentra en otra ciudad. Es fin de semana. No tengo sus otros números. Desconozco su otra vida. Sólo veo la que administra desde un cuarto de azotea. Con todos los elementos de la vida diaria puestos al alcance de la mano. Con su sabia mujer al lado. Ante el vacío de la respuesta telefónica decido tomar una pastilla. 0.25 mg de alprazolán. La angustia cede sólo hasta cierto punto. Voy a recoger al gato al veterinario. Le han realizado una intervención ligera. Una punción. Parece que a raíz de una herida o de una picadura, la oreja se le está llenando de agua. El encargado de la veterinaria comienza a hablarme sin medida. Acaba de aplicar un tratamiento con choques eléctricos a una caniche que ha perdido la movilidad de sus patas traseras. Mientras me habla hace ejercitar a la perra frente a la vitrina de la veterinaria. Habla y tira del animal, el que se enreda una y otra vez entre sus patas. Me da instrucciones sobre lo que debo hacer con la oreja del gato. Me dan ganas de informarle que se está dirigiendo a alguien que sufre de un ataque de locura temporal. Que es inútil lo que está diciendo. Como hubiera sido inútil hacerle alguna pregunta al hombre de la bola en el cuello, acostado indiferente a los gritos de los cientos de animales. El analista no contestó la llamada. Al momento de terminar de marcar, el paciente reparó en lo absurdo de la acción. Parece que la operación de marcado ha sido suficiente paliativo para que pueda verse a sí mismo dentro de la normalidad más absoluta. Incluso se le olvida lo que tiene que decir. Cuál es la razón por la que se encuentra marcando un número que desconoce.

No puedo tocar ningún pensamiento sin que me cause dolor. Sensaciones punzantes en el cuerpo. Cabriolas que hace la mente para hacer de todas las cosas algo desagradable. Imposible de soportar. Trato de pensar en forma medida, desechando los pensamientos que me puedan hacer daño. Midiendo las intensidades. Eso con respecto a las ideas pasadas, a los recuerdos. En el presente trato de que sucedan la menor cantidad de cosas posible. Que los acontecimientos se mantengan estáticos, sin grandes sobresaltos. Es por eso que la tabla donde duermo se convierte en el mejor lugar posible dónde mantener el cuerpo tendido. Repito, como un condenado a muerte que espera la ejecución de su sentencia.

Más de una vez, sobre todo cuando la mujer del analista pide en plena sesión que la conduzcan al baño, he examinado los libros colocados en los maderos que hacen de librero. Se encuentran organizados según temas y no siguen un orden alfabético. Están puestos los de medicina todos juntos, los de psicología al lado, después siguen los de literatura y en un rincón están los ejemplares que, supuse, eran de la mujer. Lo pensé porque en más de una sesión la vi leerlos. Se trata de textos escritos por místicos antiguos, de diferentes tradiciones. Sospecho entonces que las técnicas del analista, en apariencia demasiado modernas –especialmente por la crueldad de la que a veces hace gala como símbolo de una intelectualidad ortodoxa– provienen de esos manuscritos. Imagino a la pareja, la conformada por el analista y la esposa, buscando en aquellos tratados una cura para mis males. Es por eso que, como señalé, la mujer en cierta oportunidad dijo en voz alta, interrumpiendo de manera violenta las indicaciones que me estaba dando su marido, que la naturaleza y solución de mi caso era conocido desde el origen de los tiempos. Cuando aquella vez la escuché quedé sorprendido. Pero ahora, mirando fijamente los ejemplares del librero, comprendo lo que realmente me había querido decir. Entendí que todo no era más que una reiteración. Que los modales, un tanto ridículos, que mostraba su esposo, estaban fuera de lugar. Era impresionante ver la manera en que el analista tenía tan estudiados los gestos que había efectuado en vida su maestro. Desde la manera de estirar la mano para saludar al paciente, deseándole de ese modo una suerte de bienvenida al gabinete donde sesionarían, hasta la forma de extender esa misma mano para recibir el dinero que percibía luego de cada sesión. Era notable su modo de mirar. Con los ojos desquiciados y fijos en las pupilas del analizado, con el cuerpo tenso, de la misma manera como se ponen rígidos los perros de caza al señalar a su presa. La mujer prorrumpía en carcajadas cada vez que veía a su marido llevando esas actitudes más allá de lo aceptable.

Uno de los momentos más críticos que vi en la relación marido y mujer ocurrió cuando el analista dio su aceptación al dinero convenido para las sesiones. Desde un principio el analista le había dicho al analizado que pagara lo que estuviera a su alcance. Recuerdo que, en ese momento, hice un rápido recuento de mis finanzas y se me ocurrió que algunas monedas podrían servir. Casi el equivalente a dos chelines. El analista estuvo de acuerdo. Señaló muy claramente que no pretendía hacerse rico resguardando mi caso, y que todo dinero era bienvenido. La que se quejó fue la mujer, quien expresó, a boca de jarro, que yo era el único que acudía a atenderse a ese cuarto y que se había llegado a una situación tal que muchas veces no tenían ni para comer. Menos aún para darle un mantenimiento adecuado a la silla de ruedas, que de vez en cuando requería de engrase y de un ajuste general. No estaba de acuerdo con la tarifa propuesta. No podía estarlo. Se trataba de una mujer que necesitaba de todas sus fuerzas disponibles para poder leer los libros que su marido requería para efectuar las curas. Debía para eso alimentarse correctamente. Mantener la silla en la mejor de las condiciones. Fue ella quien dictaminó que el origen del estado del paciente se encontraba en la relación que existía entre la mona que saltaba del techo y el padre que se arrojaba detrás del animal.

Nunca olvidaré la ocasión en que, muy temprano en la mañana, la mujer del analista chilló desde su cama. A esa hora el analista todavía no la había sentado en la silla. La mujer dijo en esa ocasión que si yo sentía que dormía junto a mi propia muerte era porque acostumbraba compartir mi cama con un amigo que sufría de mi misma enfermedad. Los dos cuerpos tomados por un síndrome similar. Acurrucados entre las cobijas. Cada uno de los organismos cotejándose con el otro.

En cambio, la teoría que fijaba al paciente como un condenado a muerte era producto de la mente del analista. En esa idea no parece haber intervenido la mujer, al menos no lo hizo cuando yo estuve presente. El analista lo dijo de una manera un tanto obvia. Curioso, porque siempre era muy cuidadoso en encontrar el equilibrio entre forma y fondo. Señaló que mi situación, de estar inmovilizado sobre mi cama, era la misma por la que podía pasar un condenado. Pero lo curioso no era que él dijera que podía tratarse de un condenado a muerte. No era una situación de carácter simbólico. La verdad es que lo estaba. Llevaba sobre mí el diagnóstico de una enfermedad mortal. Se lo había mencionado al analista durante la primera sesión. No era pues nada extraordinario subrayar esa condena. Era la razón por la que me había apurado en dejar ordenados mis escritos. ¿Acaso no reparó este analista en que ya estaba muerto? ¿Que la existencia de cualquier nueva palabra no era sino un remedo de toda una vida dedicada a escribir?

En ese momento, cuando escuchaba el asunto de la sentencia, no fui consciente de la presencia de la mujer. Ignoro si se encontraba en el cuarto. Creo que momentos antes había pedido que la llevaran al baño y el analista no la había vuelto a traer a la habitación. A veces sucedía eso. Que a mitad de una sesión sacaba a su mujer del cuarto y la dejaba olvidada. En más de una oportunidad oí sus gritos desde la distancia, dirigidos a mí, que decían que no hiciera caso de todo lo que oía. Que ignorara las sandeces de su marido que, como sabemos, se evidenciaban en una serie de posturas externas tales como el modo de fijar las tarifas o de ofrecer la mano. El diván, además, olía mal. En realidad toda la habitación mantenía un vaho sutil algo desagradable. Más de una vez tuve que soportar la sesión con las puertas abiertas. Eso pasaba cuando momentos antes de mi llegada se le había ocurrido a la pareja freír un pescado o un trozo de conejo. Por la mujer supe que el analista era muy afecto a la carne de este animal, al que solía llamar: *mi delicioso lapán*.

No sé por qué demoré tantos años, unos catorce o quince, en relacionar la habitación, que el analista llamaba gabinete, con el cuarto ubicado en los alrededores del mercado donde vivía el hombre rodeado de cientos de animales enjaulados. Estoy seguro de que el cuarto de aquel hombre se trataba del depósito que necesitaban los vendedores de animales de la zona. Era lógico que existiera un lugar semejante. Aquellos comerciantes seguramente vivían en poblados alejados. Era absurdo imaginarlos utilizando las líneas de transporte público con sus animales a cuestas. Todos los días. De ida y de vuelta. Tenían por fuerza que guardarlos en algún lugar de las cercanías. Recuerdo que cuando entramos al cuarto donde dormía aquel hombre, no me parecieron demasiados los animales que se encontraban presentes.

La habitación del analista parecía mantenerse de una forma similar. Aparte de los implementos que necesitaba para la vida diaria, reunidos todos en ese cuarto, estaba también la presencia del aura de cada una de las palabras pronunciadas hasta el infinito tanto por el paciente como por el analista como por su mujer. Creo que esas palabras, que surgían de las bocas como pompas de jabón, sobrepasaban por mucho a la cantidad de felinos, aves y cuadrúpedos que soportaba el hombre del cuarto. Seguramente la noche en que fueron devueltos la mona y el mono, la excitación que mostraron esos animales, especialmente la mona después de su aventura, no lo dejaron dormir.

Mi padre muerto en el pavimento. Con la cabeza aplastada mientras la mona proseguía su loca huída hacia las casas vecinas. No sé hasta ahora cuál fue la razón por la que yo no participé de la persecución. Yo, el principal responsable de una situación semejante. El que había juntado el dinero necesario para ir hasta el mercado y en voz baja, casi con señas, darle a entender a los vendedores que deseaba adquirir algo prohibido por las leyes de protección de la vida salvaje. Creo que no participé en aquella cacería porque me quedé pasmado ante la posibilidad de que mi padre hubiese caído de cabeza desde esa altura. La mona se lanzó, se contó hasta tres, uno, dos, tres, y allí fue mi padre detrás.

La mujer del analista cuestionó la razón por la que en lugar de centrar el desenvolvimiento de mi relato en el temor a la muerte de mi padre, hablaba en cambio de la consecuente persecución de la mona. Era evidente que los vecinos debían haber olvidado la huida del animal salvaje para reunirse alrededor del cuerpo tendido en medio de la acera. Mi primo llorando de rodillas. Algún vecino habría sacado diarios viejos para cubrir el cadáver. Se llamaría de inmediato a las autoridades. Llegarían una serie de funcionarios que harían preguntas, tomarían medidas con sus cintas métricas, y dispondrían el traslado del cuerpo a las instituciones pertinentes. Todos estos posibles acontecimientos los iba enumerando la mujer del analista. Cualquiera hubiera pensado que había estado presente en el lugar de la tragedia. Yo, como de costumbre, me encontraba mirando el techo de la habitación. Desde mi lugar en el diván alcanzaba a ver también parte de la cama matrimonial. Se trataba de una cama amplia tomando en cuenta las dimensiones del cuarto. En más de una oportunidad me había preguntado cómo sería el tránsito diario que haría la mujer desde la silla a esa cama. En momentos así me imaginaba al analista como un anciano algo encorvado haciendo un esfuerzo mayúsculo para acostarla. Una vez envueltos en las cobijas se pondrían a hablar mirando el mismo techo que yo estaba apreciando en esos momentos.

Sentencia de muerte. Síndrome. Dormir junto a un cuerpo enfermo. Pulsión de vida necesaria. Males superpuestos. Caos fundamental. Angustia. Cura. Desenlace. Malestar perfecto. Instante multiplicado. Psicológico. Químico. Deterioro mudo y fantasmal. Padres. Una mona pela desesperadamente una serie de frutas y arroja las cáscaras con violencia. Señales de alerta que lanza mi yo más profundo. Fogonazos de nostalgia. Intercambio de horrores. No se las come. Inusitado terror a la miseria. Errores: comprar un terreno campestre y un coche deportivo. Fantasma de la certeza. Paseos al campo y a la playa. La pulsión está en pelarlas. Pánico al dinero. Preocupación por exponer el cuerpo ante los demás. El día en que alguien revise mis papeles. Ratas jugando con ruedas y columpios. Lazos con el exterior. Comienzo de mi uso de razón. Vacío de sus cuerpos. Animales de edad perfecta. Sentido de la intuición. No libertad de la escritura. Serie de subterfugios. La madre mira. Descansar libre y abiertamente. Error de las estratagemas necesarias. La vida mansamente abandonada en manos de los carcelarios La llave debajo de la franela que sirve de almohada. El reo acariciándose a sí mismo. No hay por qué temer. Amanecer de manera inocente al día siguiente. Mítica niñez en el campo. Cerrada, completa, muda. La escritura no puede escribir más que de lo que escribe. Un ser sin importancia. Culpa que surge entre la inercia y el deseo. Escritura como vaticinio. ¿Se puede sentenciar de una peor manera? Clínica semiclandestina. Analista que duerme en la casa del paciente. Las economías del analizado. Desaparecer en medio del anonimato más perfecto. Una escritura de transmisión dudosa. Creer que el mundo verdadero es el de la fantasía. La mujer del analista. Fin del material de discusión. La solicitud no oída de la presencia de un psicólogo infantil. Decir tabla en lugar de cama. La escritura es mejor que tú. La relación entre las pastillas y el tema. Llamadas telefónicas a una ciudad desconocida. Enfermo de verdad y enfermo de mentira. Transformar los síntomas en algo tangible. Estado innombrable. Sensaciones punzantes en el cuerpo. Relación entre el gabinete y el depósito de los animales ubicado en las inmediaciones del mercado de la infancia. El conejo debe bautizarse como *delicioso lapán*. El cuerpo del padre tendido en la acera y cubierto de periódicos. Un anciano acuesta cada día a la mujer del analista. Uso de colores como vehículo terapéutico. Cuarto bautizado ilusamente como gabinete de trabajo.

¿Se podrá comenzar a escribir?

La jornada de la mona y el paciente

DE MARIO BELLATIN

SE TERMINÓ DE IMPRIMIR EN LOS TALLERES DE IMPRETEI S. A. DE C. V.

ALMERÍA No. 17, COL. POSTAL, C. P. 03410, MÉXICO D. F.

NOVIEMBRE DE 2006

La jornada de la mona y el paciente

DE MARIO BELLATIN

SE TERMINÓ DE IMPRIMIR EN LOS TALLELES DE IMPRETEI S. A. DE C. V.

ALMERÍA NO. 17, COL. POSTAL, C. P. 03410, MÉXICO D. F.

NOVIEMBRE DE 2006